MORT DE PEUR

Traduit de l'anglais par Karine Guié

Une première édition en langue anglaise a été publiée en 2004 par Egmont UK Limited, 239 Kensington High Street, London W8 6SA, sous le titre *Tales of Terror : Final Cut*

300, rue Léon-Joulin,
31101 Toulouse Cedex 9, France
Loi 49-956 du 16 juillet 1949 sur les publications destinées à la jeunesse.
ISBN : 2-7459-1876-1
www.editionsmilan.com

Tony Bradman

Illustrations de Martin Chatterton

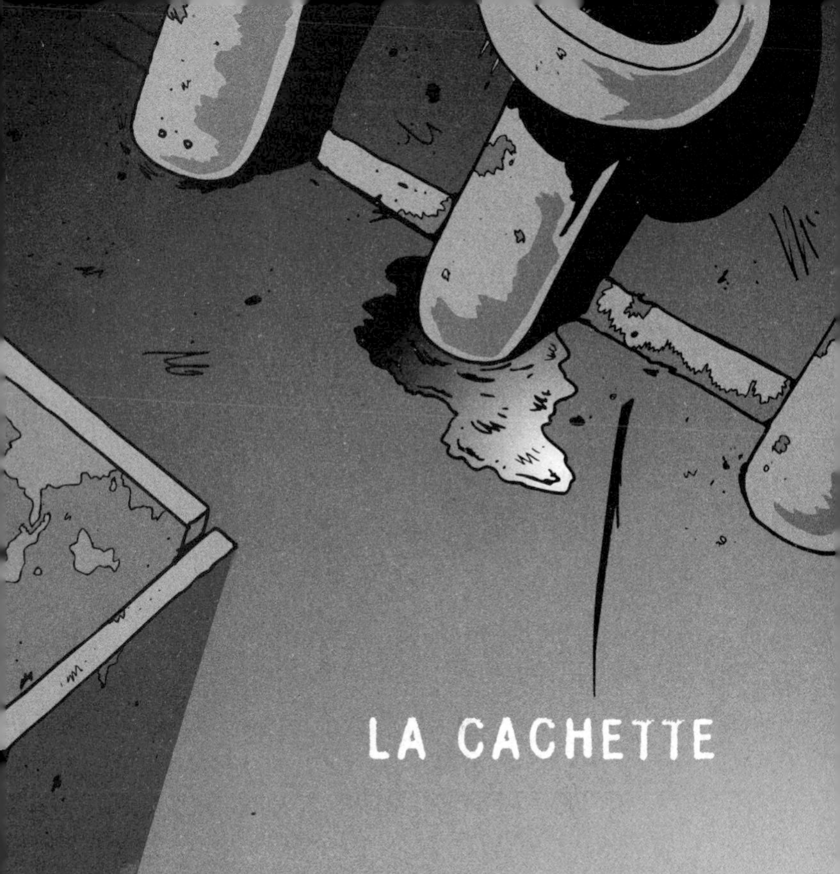

LA CACHETTE

Les cours sont finis, et Quentin Després se cache dans les toilettes des garçons.

Il s'est enfermé dans les cabinets et reste adossé à la porte en serrant son cartable contre sa poitrine. Il tend l'oreille tandis que l'école se vide.

La lumière terne de l'hiver s'infiltre par une rangée d'étroites fenêtres, au-dessus des lavabos. L'air froid devient plus dense et se mêle déjà à la pénombre de cette fin d'après-midi. Inquiet, Quentin se balance d'un pied sur l'autre. Il a la bouche sèche, et son cœur cogne dans sa poitrine.

Il se demande s'il peut sortir sans danger maintenant, et rentrer chez lui en courant à toutes jambes.

L'école devient peu à peu plus calme ; les cris et les hurlements s'affaiblissent, pour n'être plus que de lointains murmures. Dans les couloirs, le martèlement de grosses chaussures s'estompe, avant que tout devienne enfin silencieux. Quentin retient son souffle, attend encore quelques secondes... jusqu'à ne plus rien entendre du tout. Il est temps d'y aller, pense-t-il en respirant de nouveau et en faisant glisser son cartable sur son épaule. Il se faufile hors des cabinets, se dirige vers la porte qui mène dans le couloir ; ses propres pas résonnent dans les toilettes. Il fait un geste vers la poignée, mais la porte s'ouvre brutalement et trois garçons font leur entrée. Celui du milieu a les cheveux blonds et il est de la même taille que Quentin. Il a une petite bouche étroite et un visage en lame de couteau. Les deux autres, grands et costauds, au crâne rasé, se distinguent à peine l'un de l'autre. Quentin les reconnaît tous les trois et sa respiration s'accélère. Il recule alors qu'ils s'avancent vers lui, et se retrouve bientôt coincé contre un lavabo. Il se protège le torse avec son cartable, et son cœur bat violemment contre ses côtes. Analysant la scène avec une étrange distance, Quentin se compare à un oiseau en cage.

Il a la nausée, et l'estomac noué.

– Enfin ! Te voici donc, Quentin, dit le garçon aux cheveux blonds, qui s'arrête devant lui. On te cherche partout, pas vrai, les gars ?

Les deux autres ne répondent pas, mais ils se campent de chaque côté de Quentin.

– Je commençais à croire que tu voulais nous éviter, continue le garçon blond en lui souriant. Et je ne vois vraiment pas pourquoi...

Parce que tu es Brice Lavice, le caïd numéro un de l'école, se dit Quentin, et Dupont et Durand, là, sont tes deux grosses brutes, et parce que tous les trois vous me persécutez depuis le mois dernier. Mais Quentin garde ces pensées pour lui.

Les brimades avaient débuté lorsque Quentin avait obtenu une bonne note à un devoir de français. Le prof avait lu sa rédaction à la classe. Il y avait eu quelques légères bousculades, que Quentin avait ignorées. S'il ne se plaignait pas, Brice se lasserait et irait embêter quelqu'un d'autre. Pourtant, les brutalités s'étaient aggravées : le lendemain, en plus de le bousculer, Brice et ses gars l'avaient giflé et roué de coups de pied.

Là encore, Quentin n'avait pas protesté, de peur d'aggraver les choses en mettant Brice en colère. Ce qui se produisit de toute façon, puisque Brice en vint à lui réclamer de l'argent sous la menace ; les gifles se transformèrent en coups de poing, et les coups de pied furent beaucoup plus douloureux.

Quentin avait alors décidé qu'il était temps d'élaborer une nouvelle stratégie.
Il avait d'abord pensé tout raconter à ses professeurs ou à ses parents, mais il avait vite écarté ces deux possibilités. Ils ne le croiraient probablement pas et n'interviendraient d'aucune façon. Et Quentin appréhendait la réaction de Brice s'il découvrait que quelqu'un l'avait dénoncé. Non, pour Quentin il n'y avait qu'une seule chose à faire : rester en dehors du chemin de Brice, l'éviter.
Mais ça n'a pas marché non plus, pense Quentin alors qu'il se trouve dans la pénombre froide et humide des toilettes des garçons. Brice avait dû deviner tout de suite où il était.
– Me cacher ? Moi ? demande Quentin nerveusement. Qu'est-ce qui te fait croire ça ?
– Oh, je ne sais pas, lui répond Brice, qui ne sourit plus du tout. Je me demandais si par hasard tu n'essayais pas d'éviter de me remettre l'argent que tu me dois.

– Écoute, Brice, murmure Quentin. On peut en discuter ?

– Non, je ne crois pas, Quentin. Allez-y, les mecs.

Brice s'écarte, et Quentin sent qu'on lui empoigne les bras. Une grosse main s'abat sur son cou et on lui donne des coups de pied par-derrière. Puis il se retrouve par terre, le visage collé contre le béton humide et granuleux, les narines assaillies par une odeur qui lui donne des haut-le-cœur – un mélange de poussière et de saleté, ajouté à des relents âcres et nauséabonds. Il se tortille, essaie de se libérer de l'étreinte, mais les gars de Brice le maintiennent au sol et lui labourent le dos et les jambes avec leurs genoux.

Brice lui fait les poches une à une, sans se presser, minutieusement. Quentin éprouve une colère subite face à ces doigts étrangers et fureteurs, un accès de haine à l'égard de Brice Lavice et ses copains.

Brice finit par trouver ce qu'il cherche.

– Laissez-le ! ordonne-t-il aux deux autres, qui obéissent.
Quentin se relève et frotte ses vêtements pour en enlever la saleté, vérifie qu'il n'est blessé nulle part. Tout semble aller à peu près bien, même si sa joue est douloureuse.
Brice est en train de compter le petit tas de pièces qu'il a extrait des poches de Quentin.
Il le regarde et fronce les sourcils.
– Allons, allons, fait Brice en soupirant profondément. C'est pas avec ça que je vais devenir riche ! T'as intérêt à rappliquer avec beaucoup plus d'argent demain.
– C'est... c'est pas possible, bégaie Quentin. Je veux dire, mes parents me donnent de l'argent seulement pour mon repas de midi...
Quentin remarque que Dupont a ramassé son cartable.
– Ben, c'est pas mon problème, tu vois, Quentin ? lui rétorque Brice, de nouveau

souriant. Je suis sûr que tu trouveras une solution. T'es un nul, mon vieux. Ça se lit sur ton visage, et tu ne changeras jamais, jamais, jamais. Alors on sait tous les deux que tu feras toujours exactement ce que je te demande. Mais juste au cas où, voici un avant-goût de ce qui t'arrivera demain si tu me laisses tomber.

Brice fait un signe de tête à Dupont. Celui-ci entre dans les cabinets et verse le contenu du cartable dans la cuvette. Un stylo à bille rouge rebondit sur le bord des toilettes, ricoche sur le sol et s'arrête aux pieds de Brice.

Dupont jette également le sac, l'enfonce bien profondément dans la cuvette et tire la chasse d'eau, arborant un large sourire.

Brice ramasse le stylo et le fourre dans la poche de Quentin.

– Suis mon conseil, Quentin, déclare-t-il, sois raisonnable... et laisse-toi faire.

Brice et ses copains sourient d'un air narquois.

– Crois-moi, je ne pense pas que tu aies tellement envie de voir ta tête là-dedans, la prochaine fois. Bon, ben, salut, pauv' nul. Passe une bonne soirée.

Brice et ses copains sortent et la porte se referme derrière eux, atténuant l'écho de leurs rires sonores. Quentin attend un moment, reprend le contrôle de ses émotions et de sa respiration, et essaie de se calmer. Puis, il entre dans les cabinets pour récupérer son sac et sauver ses livres. Mais un simple coup d'œil dans la cuvette le dissuade de toucher à quoi que ce soit.

Il devra fournir une excuse, dire qu'il a perdu ses livres, qu'il a oublié son cartable dans le bus. Il devra en supporter les conséquences. Il n'a pas d'autre choix.

Quentin ouvre la porte des toilettes. Il regarde à l'extérieur d'un air inquiet, et vérifie que Brice et ses grosses brutes sont bien partis. Il est rassuré : le couloir central de l'école est vide. Le sol ciré est quadrillé de zones d'ombre et de lumière.

Quentin se met en route et passe devant les salles de classe sombres et désertes en traînant les pieds.

Il pousse les portes au bout du couloir, sort et se retrouve dans la cour. Vide, elle aussi, seulement parsemée un peu partout de flaques noires, alors que le ciel se couvre de nuages. Il se rend compte qu'il fait très froid. Il boutonne sa veste, et son souffle forme une brume argentée. Quentin marque un temps d'arrêt. Il faudra juste que cette semaine il demande à ses parents son argent de poche en avance. Mais ce n'est pas grave, ils ne diront rien. Il sera alors hors de danger ; il pourra donner à Brice plus d'argent qu'aujourd'hui. Mais Quentin n'est pas rassuré pour autant et il sait pourquoi. Il reste là, à ruminer, les paroles de Brice résonnant dans sa tête.

– T'es un nul, mon vieux. Ça se lit sur ton visage…

Quentin réfléchit à son apparence et se demande comment il est possible de ressembler à un nul et de ne pas s'en rendre compte. Il sait bien qu'il est un peu timide et calme, qu'il n'est pas sportif, tapageur ou amusant comme certains. Mais il doit bien y avoir un domaine dans lequel il puisse briller, un moyen de prouver à Brice qu'il n'est pas un nul, que les apparences sont trompeuses. Quentin sent le vent fouetter le bas de son pantalon, et quelques gouttes de pluie balayer son visage. Ce n'est pas une mauvaise idée, se dit-il, et il commence à se

creuser la cervelle. Il écrit de belles histoires, mais cela ne va pas impressionner quelqu'un comme Brice. À part ça, le cerveau de Quentin est complètement vide. Il soupire et se remet en marche, les épaules tombantes, contourne l'école d'un pas lourd, jusqu'au petit portail de derrière.

La surface des flaques frémit sous le vent, comme si la main d'un géant invisible les effleurait. D'épais nuages masquent les dernières lueurs. Au-delà de la grille, les lumières des réverbères oscillent puis s'allument tout à fait les unes après les autres.

Les chaussures de Quentin font un petit bruit sur le goudron. Il tourne au coin du bâtiment, et soudain, l'espace d'une seconde, l'air semble miroiter devant lui. Quentin secoue la tête... Il s'arrête net, si surpris qu'il en reste bouche bée.

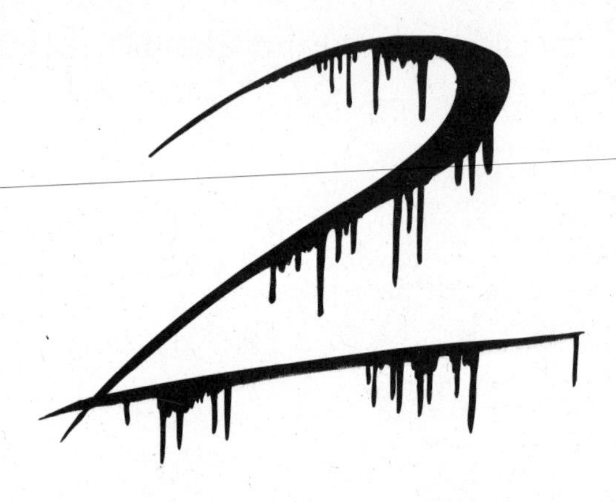

LES INCONNUS

Quentin se retrouve face à la partie de la cour invisible de la rue, un coin de bitume crevassé à l'abandon. Celui-ci serpente autour de l'école et conduit aux abris à vélos, jusqu'au portail de derrière. Un escalier de secours monte en zigzag le long des quatre étages du bâtiment. C'est là que les élèves plus âgés et effrontés se rassemblent pendant les intercours pour fumer et se donner un genre quand les professeurs ont le dos tourné. On sait aussi que des choses plus graves s'y sont produites.

L'endroit devrait être désert et tranquille à cette heure. Mais ce n'est pas le cas. Il est au contraire en pleine ébullition : une foule d'inconnus – des adultes – s'affairent dans tous les sens autour de machines, sous de grands projecteurs. Certains sortent du matériel de gros camions qui bloquent l'accès aux abris à vélos et au portail, d'autres lancent des ordres en criant.

Au centre de ce tourbillon d'activité insensé et chaotique se tient un homme grand et mince en blouson de cuir, un énorme cigare planté dans la bouche.

On est en train d'installer une grande caméra près de cet homme, et Quentin comprend que tout cela doit être... une équipe de tournage !

Quentin est intrigué, fasciné, mais il se demande pourquoi ces gens sont là. Sans doute l'école sert-elle de décor à leur film. C'est étrange, car il n'a entendu parler de rien. Il hausse les épaules, en conclut que cela est probablement tenu secret pour éviter que des hordes d'adolescents ébahis ne traînent autour d'eux.

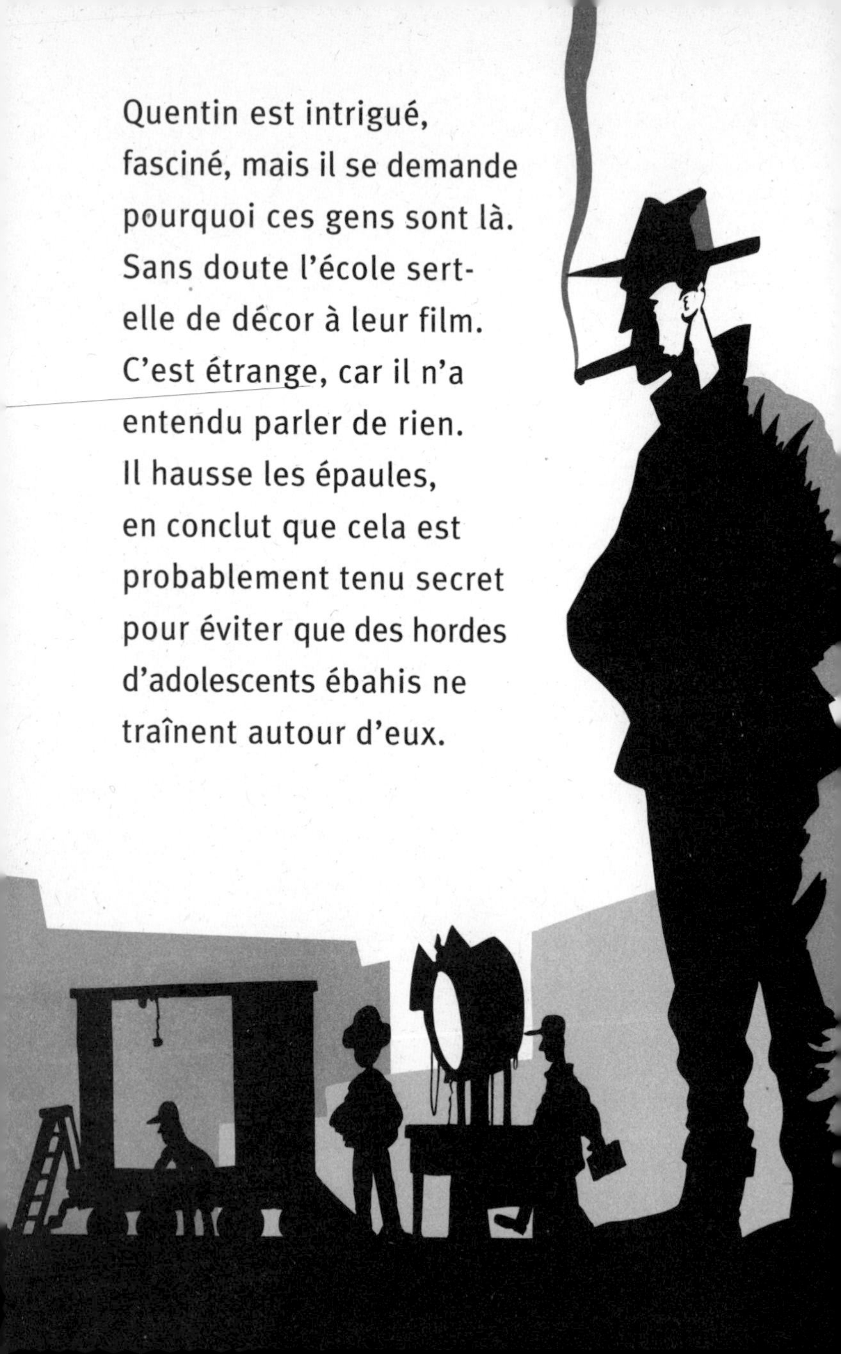

Après tout, on n'a pas tous les jours l'occasion d'observer une équipe de tournage au travail, ni d'apercevoir éventuellement une star ou deux. C'est en tout cas ce que se dit Quentin. Il ne pense pas que l'on ait remarqué sa présence. Il se glisse rapidement dans l'obscurité, sous l'escalier de secours, tout excité et déterminé à profiter du spectacle. Cela pourra peut-être l'aider à oublier momentanément ses soucis avec Brice.

Les choses se calment progressivement : sous les yeux de Quentin, le chaos se transforme en une agitation ordonnée, avant de faire place au silence, l'équipe étant désormais prête.

L'homme de grande taille se trouve toujours au centre de la scène, une jeune femme à ses côtés, qui tient à la main un bloc-notes. L'homme lui chuchote quelques mots, et elle s'éloigne en direction des deux camions ; Quentin comprend soudain que cet homme doit être le réalisateur du film.

Tout le monde retient son souffle, apparemment dans l'attente qu'un événement se produise ;

on n'entend plus que le doux sifflement du vent et un papier de bonbon qui tournoie sur le bitume.

Puis une étrange silhouette noire émerge de l'un des camions : un homme avec un chapeau haut de forme et une cape noire flottante doublée de satin rouge. Quentin remarque qu'il a le visage maquillé en un masque de chair brûlée et balafrée. L'homme tient un couteau, dont la fine lame brille sous les lumières. Quentin sait bien que l'homme est un acteur, mais celui-ci donne tout de même froid dans le dos.

L'acteur se dirige vers les membres de l'équipe et se plante devant eux, aussi immobile qu'un mannequin de cire, son couteau posé le long de la jambe. Est-ce une star ? Ce pourrait être n'importe qui sous ce maquillage. Quentin comprend au moins une chose. Ils doivent tourner un film d'horreur.

Peu de temps après, la femme au bloc-notes – c'est le nom que lui a donné Quentin – sort

du même camion, l'air assez anxieux, et se dépêche de rejoindre le réalisateur.
– J'ai bien peur que nous ayons un problème, annonce-t-elle. Apparemment, on a oublié de recruter un figurant pour cette scène.
– Comment ça, « on a oublié » ? demande avec hargne le réalisateur, qui se retourne pour lui lancer un regard furieux, et dont le cigare suit le mouvement de ses lèvres.
– Ces maudites personnes du casting auraient dû s'en occuper ! poursuit-il. Alors maintenant écoute, tu vas tout de suite téléphoner à...
– C'est déjà fait, l'interrompt la femme. Ils n'ont pas d'explication, et il leur est impossible de nous envoyer un figurant à la dernière minute.
– Bon sang ! Je n'y crois pas, grommelle le réalisateur.
Il ôte son cigare de la bouche, le jette par terre et l'écrase sous son talon. Quentin est fasciné, il observe chaque geste du réalisateur.

– Comment suis-je censé procéder maintenant ? L'équipe fait déjà des heures supplémentaires, moi, j'ai des délais à respecter...

Il marche de long en large, s'arrête et fusille de nouveau du regard la femme au bloc-notes.

– Bon, eh bien, je ne vais pas perdre toute une nuit de tournage. Nous allons devoir trouver nous-mêmes un figurant.

– Mais je ne vois pas comment ni où, lâche la femme.

Quentin remarque que la plupart des membres de l'équipe ne sont plus du tout attentifs. Certains lisent des journaux, d'autres discutent à voix basse ; l'acteur à l'allure sinistre, lui, ne fait rien. En fait, on dirait que pas un seul de ses muscles n'a bougé depuis tout à l'heure.

Puis Quentin manque de s'étrangler en entendant les paroles du réalisateur.

– Eh bien, pourquoi pas... lui ? suggère-t-il en montrant Quentin du doigt.

Quentin a l'impression que le temps s'étire.

Les mouvements du réalisateur sont comme au ralenti, sa voix devient plus grave, ce dernier mot, « lui », n'en finit pas de résonner. Il garde les yeux rivés sur Quentin. À présent les autres se tournent tous ensemble pour dévisager Quentin, et le transpercent de leurs regards...

DOIGTS OSSEUX

Quentin se met à paniquer, recule davantage dans la pénombre et se retrouve vite acculé au mur. Il pense à se précipiter vers le portail principal, mais il est trop tard.
Le réalisateur avance vers lui, la femme au bloc-notes dans son sillage.

Le temps reprend son rythme normal – vraiment ? Le réalisateur se déplace rapidement, d'une démarche presque saccadée, et sa progression est ponctuée de sauts inattendus qui semblent lui permettre de parcourir beaucoup de terrain, comme un personnage de film muet. Quentin secoue la tête, pensant que c'est peut-être une illusion d'optique.

– Salut, toi ! lance le réalisateur, qui s'arrête à environ deux mètres de Quentin, là où débute l'ombre jetée par l'escalier de secours. Il est souriant, mais cela ne rassure pas particulièrement Quentin.

– Allez, n'aie pas peur, je ne mords pas, continue le réalisateur. Enfin, pas très souvent, en tout cas. Alors, qu'est-ce que tu dirais de faire du cinéma, petit ? ajoute-t-il en riant doucement.

– Quoi ? Moi ? demande Quentin, d'une voix si aiguë qu'il en est gêné.

Il sent qu'il rougit.

– Non, murmure-t-il, mais merci quand même.
– Allez, insiste le réalisateur. J'aurais cru qu'un jeune de ton âge sauterait sur l'occasion. En plus, tu me rendrais vraiment service.
– Eh bien... hésite Quentin, qui s'aperçoit que le réalisateur s'est rapproché de lui.
– Super ! s'exclame-t-il, et il tend la main pour empoigner Quentin par le bras.
La force de sa poigne est déconcertante ; ses longs doigts osseux s'enfoncent dans la chair du biceps de Quentin. Pendant un instant, le garçon reste en arrière, résiste à la force de l'homme qui le tire en avant. Puis il se laisse faire, ne voulant pas d'histoires.
Le réalisateur extirpe Quentin de dessous l'escalier de secours, et ne le lâche qu'une fois qu'ils sont face aux membres de l'équipe. Quentin doit mettre la main devant les yeux pour se protéger des lumières aveuglantes des projecteurs.

– Attendez une minute, dit au réalisateur la femme au bloc-notes.
Elle parle à voix basse, mais Quentin distingue chacune de ses paroles.
– En dehors des complications liées aux assurances, il est évident qu'il ne possède aucune expérience.
– Et alors ? rétorque le réalisateur d'un ton brusque. Si vous voulez mon avis, n'importe quel imbécile peut voir qu'il est parfait pour le rôle. Ce ne sera sûrement pas un rôle de composition...
Quentin reste là, à les écouter se disputer, tandis que les assistants retournent à leur oisiveté et à leur ennui. Quentin ne sait pas vraiment comment il doit comprendre les propos du réalisateur, mais ce qui l'inquiète davantage, c'est que la femme parvienne à le faire changer d'avis.
Car Quentin s'est décidé. Ce pourrait être une idée formidable de jouer dans un film, une occasion fabuleuse de réaliser quelque

chose de carrément génial. Quentin imagine facilement la tête de Brice quand son bourreau découvrira qu'il fait du cinéma. Quel meilleur moyen de montrer à Brice qu'il n'est pas un nul ?

– Euh... excusez-moi, demande Quentin, interrompant leur discussion.

Le réalisateur et la femme se taisent et se tournent vers lui.

– En fait, ça me plairait vraiment d'avoir ce rôle.

– Ah ! Voilà ce que je voulais entendre ! se réjouit le réalisateur avec un grand sourire.

La femme pousse un soupir et roule des yeux, mais le réalisateur l'ignore. Il pose son bras sur les épaules de Quentin, l'entraîne rapidement plus loin. Quentin a l'impression que ses pieds touchent à peine le sol, jusqu'au moment où le réalisateur s'arrête brusquement près de l'un des camions.

– Bon, tu veux sans doute savoir à quoi tu t'engages, hein, fiston ?

Quentin répond par l'affirmative, s'efforce d'avoir l'air intelligent et positif, et se dit qu'il vaut mieux aller dans le sens des désirs du réalisateur, pour ne pas gâcher sa chance.

– Bon, réaliser un film, c'est un peu comme faire un gâteau, explique le réalisateur, qui sort un autre long cigare et l'allume en tirant de nombreuses bouffées.

La fumée forme un épais nuage blanc et âcre, qui les enveloppe bientôt tous les deux. Elle prend Quentin à la gorge mais il se retient de tousser.

– Donc, évidemment, ce qu'il nous faut d'abord, c'est une bonne recette. Un script...

Tout à coup, sous le bras du réalisateur, Quentin remarque un gros

paquet de feuilles reliées par une couverture rouge.
C'est très étrange, pense Quentin. Il ne se rappelle pas l'avoir vu dans les mains de l'homme auparavant. Mais il conclut que celui-ci devait l'avoir avec lui depuis le début et qu'il n'y avait tout simplement pas prêté attention.
Les choses ne se matérialisent pas comme par magie... Cette pensée lui fait froncer les sourcils, mais il se concentre sur la voix du réalisateur.
– Le script me donne une liste des ingrédients du film, continue le réalisateur, ainsi que les instructions sur la manière de les mélanger. J'ai également besoin de quelques outils, d'ustensiles.
Il marque une pause, et désigne du cigare ses assistants.
– Mais c'est moi qui commande. Je suis pour ainsi dire le grand chef ; c'est moi qui dis à chacun ce qu'il doit faire. Et ce qui est encore

plus important : je suis celui qui réalise le montage définitif. Tu sais ce que c'est, fiston ?

– Je ne suis pas très sûr.

Quentin a à l'esprit l'image du réalisateur confectionnant un gâteau et le découpant avec un couteau – comme celui que tient l'effrayant acteur –, même s'il sait qu'il se trompe probablement. Du coin de l'œil, Quentin croit apercevoir les sourires narquois de quelques assistants. Mais lorsqu'il se retourne, les visages braqués sur lui sont totalement inexpressifs. Quentin en a des frissons.

– Cela signifie que c'est moi qui décide à quoi ressemble le gâteau finalement.

Quentin se retourne rapidement vers le réalisateur.

– Une fois terminé le tournage proprement dit, je procède au montage. C'est-à-dire que je décide de l'endroit où vont telles ou telles séquences, de ce que l'on garde et ce que

l'on supprime. Le contrôle, petit, c'est ça qui est important. Et c'est moi qui contrôle le produit final. Bon, est-ce que c'est bien clair ?
– Ouais, parfaitement clair, répond Quentin, bien qu'à la vérité il soit décontenancé et commence à perdre pied. Recette, script, ingrédients, montage définitif...
– Et toi, tu es un ingrédient, déclare le réalisateur, une pincée de quelque chose d'essentiel.
Il porte son regard au-delà de Quentin. La femme au bloc-notes fronce les sourcils et tape sur sa montre.
– Oui, je sais, le temps passe, marmonne le réalisateur. Allez, il est temps que je cuisine.
Il remet son cigare à la bouche et s'en va à grands pas.
Quentin trotte après lui, et une fois encore, quelque chose de très étrange semble se produire. Il a l'impression d'avoir à peine fait deux pas quand tout à coup il se retrouve près du sinistre acteur – que

Quentin pensait être au moins à vingt mètres de là. Maintenant qu'il est plus près de lui, Quentin est frappé par le réalisme de son maquillage. Les cicatrices, les brûlures, les yeux exorbités... tout cela semble tellement vrai !

Quentin est pris de nausées. Mais son malaise est soudain dissipé par la voix du réalisateur.

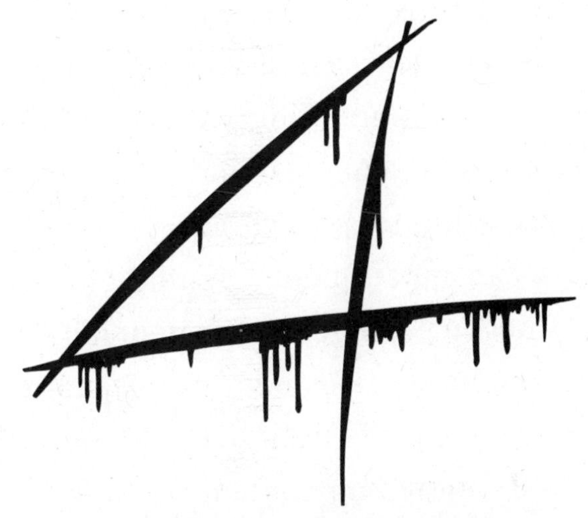

FILM D'HORREUR

– Passons aux choses sérieuses, déclare le réalisateur.

Toute l'équipe est attentive. On plie les journaux, on arrête les conversations.

– Tu n'as pas besoin de connaître le scénario en détail, Quentin. C'est un film d'horreur tout à fait ordinaire, et je parie que tu en as vu quelques-uns de ce style, n'est-ce pas ?

– Je sais ce qu'est un film d'horreur, murmure Quentin, se retenant d'ajouter qu'il n'aime pas beaucoup ça.
C'est en général beaucoup trop sanglant pour lui.
– Bien, bien. Alors, dans cette scène, le méchant, joué par notre ami ici même, te poursuit, toi, la victime.
À ces mots, Quentin se raidit légèrement.
Tout en parlant, le réalisateur fait un carré avec ses index et ses pouces, et regarde à travers comme si c'était le viseur d'une caméra.
– Tu entres en courant par la gauche... et tu continues à courir pendant qu'on filme en panoramique. Ensuite, tu sors par la droite, là-bas.
Quentin lance un regard dans la direction indiquée, vers l'escalier de secours.
– Compris ? demande-t-il.
– Je crois que oui, répond Quentin, à présent nerveux devant le rôle qu'on lui demande de tenir, son inquiétude focalisée sur ce mot : « victime ».

– Mais, il s'agit d'une vraie scène, n'est-ce pas ? ajoute-t-il. Alors que vous avez dit que je n'aurais pas besoin de jouer. Je pensais qu'un figurant se contentait, en quelque sorte, de rester à l'arrière-plan...
– J'espère que tu ne vas pas me faire faux bond, l'interrompt le réalisateur d'un ton brusque, en lui décochant un regard furieux. Je veux dire, c'est pas sorcier quand même, non ? Tout ce que tu as à faire, c'est courir, oh, et peut-être aussi avoir l'air mort de peur. Tu peux faire ça, Quentin, non ?
Quentin est interloqué par la soudaine agressivité dans la voix du réalisateur, sa colère et ses sarcasmes, qui contrastent brutalement avec la gentillesse témoignée un moment plus tôt. Il sent un petit frémissement de colère monter en lui. Il ne veut ni qu'on lui parle de cette façon ni jouer la victime. Ce n'est pas vraiment l'image qu'il voulait renvoyer à Brice Lavice.

Et pourtant, quel que soit le rôle, ce serait tout de même impressionnant d'apparaître dans un film, non ? De plus, Quentin préfère ne pas penser à la manière dont le réalisateur réagirait s'il renonçait maintenant. Il a le sentiment que celui-ci pourrait lui en faire voir de toutes les couleurs. Quentin décide donc d'entrer dans son jeu. Il respire à fond, ravale sa colère et sa rancœur.

– Ouais, je peux le faire, assure-t-il.

Puis une chose un peu curieuse lui traverse l'esprit.

– Hé ! Comment connaissez-vous mon nom ? Je ne pense pas vous l'avoir dit.

– Si, forcément, affirme tout sourire le réalisateur, qui se retourne rapidement vers l'équipe du film avant que Quentin ne le contredise.

– En place, tout le monde enchaîne-t-il. Quentin, ta marque est à droite, là-bas, précise-t-il, indiquant avec son cigare une petite croix blanche tracée à la craie sur le bitume.

Le réalisateur retourne à sa place près de la caméra, où une chaise pliante en toile est soudain apparue. Il s'y assoit, le script sur les genoux. La femme au bloc-notes se tient à ses côtés, le visage sans expression.

Quentin fait ce qu'on lui demande, se dirige vers sa marque. Il se sent plus désorienté que jamais. Il est certain de n'avoir pas donné son nom au réalisateur, et il y a maintenant d'autres détails qu'il commence à trouver bizarres dans toute cette mise en scène. Par exemple, Quentin a remarqué que personne d'autre que lui ne semble sentir le froid. Certains membres de l'équipe portent même des chemises hawaïennes à manches courtes.

– Silence sur le plateau ! crie la femme, d'une voix forte et perçante.

Un assistant apparaît devant Quentin, un clap dans les mains.

– Scène soixante-six, prise un ! hurle-t-il, rabattant brutalement le claquoir du clap dans un bruit de pistolet.

– Action ! ordonne le réalisateur.

Quentin regarde autour de lui, et son sang se glace dans ses veines. Désormais, l'horrible acteur n'est plus figé. En fait, en un éclair, l'homme, qui était immobile, devient soudain menaçant et terriblement effrayant. Il se penche en avant, prêt à bondir, le couteau levé, la pointe luisant sous les lumières, une expression haineuse plus vraie que nature sur son visage hideux. Sa cape se gonfle derrière lui un bref instant, tantôt rouge, tantôt noire.

Puis il s'élance, alors Quentin se met à courir, tentant à tout prix de garder autant de distance que possible entre le couteau et lui. Mais ce n'est qu'un film, se dit Quentin, une partie de son esprit enregistrant les visages des assistants comme il passe devant eux à toute vitesse. Cependant, le bruit des pas qui martèlent le bitume derrière lui est bien réel. Quentin aimerait regarder par-dessus son épaule, mais il n'ose pas. Il se demande si l'acteur le suit de près, si la lame du couteau est proche de la chair de son dos, son dos à cet instant si fragile et si vulnérable...

– **COUPEZ !** rugit une voix juste au moment où Quentin atteint la pénombre sous l'escalier de secours.

Quentin dérape et s'immobilise, apeuré un instant par ce mot, avant de comprendre que c'est le réalisateur qui commande au caméraman d'arrêter de filmer. La respiration bruyante et le cœur battant la chamade, Quentin se retourne et découvre l'acteur juste derrière lui. Doucement, il abaisse son couteau, dévisage Quentin... et crache.

Puis il fait volte-face, sa cape flottant toujours autour de lui, et part avec raideur se repositionner sur sa marque.

Inquiet, Quentin l'observe, pense qu'il a quelque chose de très déplaisant. Personne n'a jamais craché vers lui auparavant, pas même Brice Lavice ou ses acolytes.

Soudain Quentin sent le réalisateur à ses côtés.

– Ne te tracasse pas en ce qui concerne l'autre tête d'affiche. C'est juste un de ces acteurs qui aiment vraiment entrer dans la peau d'un personnage, tu vois ce que je veux dire ?

Quentin ne voit rien du tout, mais il s'en moque presque. Et pourquoi le réalisateur parle-t-il de cet acteur comme de l'autre tête d'affiche ? Quentin n'est pas une star – il est juste figurant, non ? Tout ça est vraiment dingue, pense Quentin, l'étrangeté de cette prise qui donne la chair de poule, les membres de l'équipe qui le dévisagent...

– Je peux rentrer chez moi, maintenant ? demande Quentin. C'était bien, non ?

– « Bien » est le bon terme en effet, Quentin. Mais je suis sûr que l'on peut faire sacrément mieux. Je veux essayer une autre prise, sauf que cette fois...

– Je suis désolé, dit Quentin entre ses dents, j'aimerais vraiment vous aider, mais je...

– Oh non, je n'en ai pas encore fini avec toi, dit le réalisateur, avec tant de hargne et en

grondant si fort que Quentin en a des élancements dans la tête.
L'homme a une mine renfrognée, et pendant un instant très bref, ses yeux semblent lancer des éclairs rouges.
– Tu vas faire exactement ce que je te dirai.

LA TACHE DE SANG

C'est au tour de Quentin d'être d'une humeur massacrante maintenant. Il est en colère contre le réalisateur, car il n'apprécie pas la manière dont il le traite. Il a même envie de s'en aller pour oublier toute cette histoire. Mais il se contente de soupirer et opte pour la solution de facilité en coopérant.

– Bon, d'accord, cède Quentin, avec un haussement d'épaules.

Il retourne lentement à sa marque et prend place à côté de l'horrible acteur. Il va juste faire cette dernière prise et ils le laisseront tranquille. Forcément.

Le visage du réalisateur s'éclaire lentement d'un sourire triomphant, et Quentin remarque que tous les assistants du film arborent un air narquois. Il se sent plus mal à l'aise que jamais. Et ce qu'il entend ensuite ne le rassure pas davantage.

– Bravo, Quentin. Tu as réussi le test.

– Le test ? Quel test ? Je ne savais pas que j'en passais un.

– Eh bien, si, Quentin, affirme le réalisateur, son cigare pendillant de sa bouche lorsqu'il parle. Tu as prouvé que tu pouvais jouer le rôle d'une victime. Et ce, à la perfection.

– Hé, attendez une seconde, marmonne Quentin, de nouveau envahi par la colère.

– Silence sur le plateau ! crie la femme au bloc-notes.

Le clapman bondit devant Quentin, lui adresse un sourire de dément et approche son clap tout près du visage de Quentin.

– Scène soixante-six, prise deux, dit-il en hurlant presque.

Il fait claquer son clap et bondit sur le côté.

– On la refait ! Et on y croit, lance le réalisateur d'une voix tonitruante. O.K., Quentin... Action !

Et soudain, le terrifiant acteur se remet à bouger. Mais il ne s'accroupit pas comme la première fois, prêt à bondir ; il saute en avant, et tente de taillader Quentin avec son couteau. Quentin se retourne et se met à courir, mais le temps semble de nouveau se dérégler. Il sent qu'il se déplace lentement, comme si l'air était devenu épais et liquide, et opposait une résistance aux mouvements de ses bras et de ses jambes.

Quentin regarde autour de lui, et le regrette aussitôt. L'acteur le suit de près, le couteau levé, la lame étincelante. Quentin détache les yeux de cette terrifiante vision. Pris de panique, il respire bruyamment et son cœur bondit dans sa poitrine. L'escalier de secours est juste devant lui. Il faut qu'il l'atteigne, il y est presque, encore trois pas, encore deux, encore un... puis Quentin reçoit un coup dans le haut du bras.

– Coupez ! hurle le réalisateur dans un grognement interminable qui fait résonner ce petit mot dans le crâne de Quentin.

Quentin parvient enfin sous l'escalier de secours, dérape, s'immobilise, et touche délicatement l'endroit où on lui a donné le coup, un point derrière le haut du bras. Là, sa veste est tailladée, et, comme il tâte le tissu déchiré, Quentin sent quelque chose d'humide au bout des doigts et, aussitôt, une douleur cuisante. Le temps reprend brusquement son rythme normal. Il scrute

le bout de ses doigts et y décèle une tache brune.
Il devine que ce doit être du sang. Son sang. L'acteur l'a poignardé...
Quentin fixe le sang pendant un moment. Il y en a une assez grosse quantité, bien qu'il ne

pense pas avoir été grièvement blessé. Mais il n'aurait même pas dû être blessé. Ceci est un film, et ce comédien a beau être effrayant, il n'en demeure pas moins uniquement un acteur. Que se passe-t-il donc ? Ce doit être une erreur, conclut Quentin, cet imbécile prend simplement son rôle beaucoup trop à cœur.

Quentin est face au mur, et tout à coup sa nuque se met à le picoter, comme si quelqu'un était en train de le regarder fixement. En outre, derrière lui, tout est étrangement calme, hormis le doux sifflement du vent sur le bitume. Quentin est tellement terrifié qu'il ose à peine se retourner, mais il le fait quand même, et il reste bouche bée – de terreur, à présent.

Le sol semble se dérober sous ses pieds et il a la nausée. Car tous – le réalisateur, la femme au bloc-notes, l'équipe entière – ont été transformés en créatures sorties du plus terrifiant film d'horreur, du plus terrifiant cauchemar imaginable. Seul le sinistre acteur reste lui-même, et Quentin comprend pourquoi : ce n'est pas un acteur, il n'est pas maquillé. Les cicatrices hideuses, la chair brûlée, le couteau qui scintille… tout est vrai. Mais son visage n'est rien comparé à ceux des monstrueux assistants. Quentin ferme les yeux ; il doit être en train de rêver, rien de tout cela n'est réel.

– Oh, mais je crains que si, Quentin.

A-t-il réfléchi tout haut ? Absolument pas. Il prend une bouffée d'air froid, compte jusqu'à trois, rouvre les yeux. La scène qui s'offre à lui est peut-être encore pire, encore plus terrifiante : certains assistants sont en lévitation au-dessus des projecteurs, ils fondent sur lui en gloussant, notamment deux d'entre eux qui plongent vers Quentin avant de reprendre de la hauteur et de s'éloigner. Quentin sent son cœur battre comme s'il était sur le point d'exploser et il tremble de tout son corps.

Il ne peut nier le témoignage de ses sens. Et au fond de lui, il sait que dès l'instant où il a pénétré dans cette partie de la cour de récréation il a senti que quelque chose clochait. Pourtant, il s'est laissé berner ! Mais ce n'est pas le moment d'avoir de telles pensées. Il lui faut plutôt trouver un moyen de se tirer d'affaire. Quentin lance des regards de tous côtés, cherchant un moyen de s'enfuir...

– Oublie ça, Quentin, lâche le réalisateur. Tu ne vas nulle part.

POUR L'ÉTERNITÉ

Quentin comprend qu'il est cerné. Il bat en retraite dans l'obscurité, sous l'escalier de secours, mais se retrouve bientôt de nouveau dos au mur, et sent sa blessure au bras lui causer des élancements. Quentin presse ses omoplates contre les briques. Il aimerait pouvoir disparaître à travers elles. Les créatures sont en train d'avancer sur lui.

– Restez où vous êtes ! crie-t-il enfin. Vous ne vous en sortirez pas comme ça. Quelqu'un verra de la rue ce que vous faites. Au secours ! Au secours !

– Il est inutile d'appeler au secours, Quentin, déclare le réalisateur, qui rit de nouveau doucement.

Il lève tout de même la main, stoppant l'équipe du film derrière lui.

Ils sont là, debout, à dévisager Quentin, et leurs yeux lancent des éclairs rouges.

– La rue est un autre monde, poursuit le réalisateur avec un sourire horrible, et personne ne sait ce qui se passe ici. Personne à part nous. Et toi, bien sûr.

– Mais qu'est-ce qui se passe ? interroge Quentin, qui s'efforce de rester calme et de parler d'une voix ferme. Je ne comprends pas. Qui êtes-vous ? Ou plutôt qu'est-ce que vous êtes ?

– Tant de questions, Quentin ! Disons simplement que nous ne sommes pas ceux que tu pensais, même si je trouve que nous avons donné une excellente représentation, pas toi ? Mais nous avons aussi beaucoup répété ce genre de situation. Tu pourrais nous appeler des « esprits ». Ou, mieux encore, des « démons ».

Les créatures sourient d'un air suffisant, et Quentin a des crampes d'estomac.

– D'accord, je vous crois, marmonne-t-il entre ses dents. Mais qu'est-ce que vous attendez de moi ?

– Je te l'ai déjà dit. Je veux juste que tu joues dans mon film, c'est tout. Le scénario requiert une victime... et tu es tellement bon dans ce rôle. C'est la raison pour laquelle nous t'avons choisi.

– Qu'est-ce que vous racontez ? demande Quentin d'une petite voix calme.

– C'est exactement ce que ton copain Lavice t'a dit, murmure le réalisateur, dont la figure tremblote, avant de se métamorphoser en Brice, imitant même sa voix.

– « T'es un nul, mon vieux. Ça se lit sur ton visage, et tu ne changeras jamais, jamais... »

Le réalisateur redevient lui-même, hideux, et sourit à Quentin.

– Mais il fallait quand même que je sois sûr. Alors, je n'ai pas cessé de te harceler, te contraignant par la menace à faire ce que je voulais que tu fasses. Et toi, tu as réussi le test.

Quentin se surprend soudain à penser à Brice. Et il comprend alors avec horreur que Brice aussi l'avait mis à l'épreuve, pour voir jusqu'où il pouvait le harceler. Tout devient clair. Quentin se rend compte qu'il avait l'air d'un nul aux yeux de Brice pour la simple et bonne raison qu'il s'était toujours comporté comme tel. Il encaissait les mauvais coups du caïd, ne faisait jamais aucune histoire, allait même jusqu'à se cacher...

Il aurait dû poser des limites dès le début, sans se soucier des conséquences. Quentin est soudain en colère contre lui-même pour avoir supporté les agissements de Brice Lavice, pour avoir laissé ce voyou le brutaliser. La colère remplace vite la peur, et il cesse de trembler.

– Bon, je ne suis toujours pas convaincue qu'il convient pour le rôle, répète la femme, dont la voix n'a pas changé mais dont le visage est maintenant un masque d'horreur. Je veux dire, il ne faut pas être très futé pour gober tous ces énormes bobards que vous lui avez sortis sur la comparaison entre faire un film et faire un gâteau. Je ne sais pas comment j'ai réussi à garder mon sérieux.

– Eh bien, moi, au contraire, j'ai trouvé ma stratégie plutôt habile, lui répond le réalisateur d'un ton brusque, provoquant les ricanements de plusieurs assistants dans son dos.
– De toute façon, il n'a pas besoin d'être intelligent, n'est-ce pas ? Comme je l'ai déjà dit, il faut juste qu'il coure et qu'il montre qu'il est terrorisé, et il le fait remarquablement. Bon, assez de bavardage. Il est temps de faire une autre prise...
– Attendez, dit Quentin, qui reporte son attention sur ce qui se passe autour de lui. Vous voulez que je laisse ce monstre me poursuivre encore, comme il l'a fait tout à l'heure ?
– Oh oui, Quentin, confirme le réalisateur, qui exulte. En réalité, je veux que tu le laisses te poursuivre indéfiniment, sauf qu'il va tout de même t'attraper ; il sera cruel avec toi et ton sang coulera. Ensuite, lorsqu'on en aura assez de ce scénario, on passera à quelque chose d'autre, tout aussi abominable... Tu vas beaucoup entendre le mot « Coupez ! » et

nous allons tellement nous amuser à te voir souffrir... pour l'éternité. O.K., en place tout le monde !

Une fois de plus, Quentin se retrouve instantanément sur sa croix blanche.

Les membres de l'équipe se frottent les mains et s'exécutent en caquetant. L'effroyable acteur reprend sa position, lève son couteau, fait à Quentin un petit signe de la main qui le glace d'horreur, et mime les mouvements d'un objet tranchant, comme s'il s'échauffait. Le réalisateur va s'asseoir sur sa chaise pliante, le scénario sur les genoux et la femme au bloc-notes à ses côtés. Quentin fronce les sourcils, il déteste leur air suffisant.

– Silence sur le plateau ! crie la femme.

La créature au clap bondit comme une folle devant Quentin.

– Scène soixante-six, prise trois ! hurle l'assistant.

Mais Quentin le bouscule avant qu'il rabatte le claquoir du clap, avant que le réalisateur puisse lancer « Action ! » et enclencher le cauchemar.

– Non ! s'écrie Quentin à tue-tête. Je ne le ferai pas !

VERSION FINALE

Dès que les paroles de Quentin retentissent, les sourires des assistants se figent. Soudain, le vent commence à souffler et à siffler dans cette petite partie de la cour, froissant les vêtements et ébouriffant les cheveux. Le réalisateur se lève doucement de sa chaise, pose le scénario dessus et avance de quelques pas. Il fixe Quentin d'un air dur.

– Ne sois pas idiot, Quentin. Tu n'as pas le choix.

– Si, j'ai le choix. Et je choisis de ne pas vous rendre la vie facile. Je choisis de ne pas approuver vos désirs. Je choisis de jouer les trouble-fête.

– Ah oui ? Mais tu oublies une chose, Quentin. Tout est écrit dans le scénario et tu ne le changeras jamais. Tu es ma victime, maintenant.

– Ah bon ? demande Quentin, sa fureur se transformant tout à coup en une colère froide.

Les paroles du réalisateur lui ont donné une idée. Quentin s'élance soudain et court parmi les assistants. Avant que l'un d'entre eux puisse l'attraper, il esquive le réalisateur et atteint finalement la chaise de celui-ci.

Quentin s'empare du scénario et le pose sur ses genoux après s'être assis sur la chaise.

Les créatures tournent la tête toutes ensemble pour le dévisager, et émettent un gémissement sourd qui se mêle à la plainte du vent.

– Rends-le-moi, Quentin. Rends-le-moi immédiatement.
Quentin regarde le réalisateur et remarque qu'il paraît... inquiet.
– Non, je ne pense pas que je vais vous le rendre, répond Quentin en devinant qu'il touche là un point sensible. Je veux voir ce qui est écrit exactement dans
votre script.

Quentin l'ouvre, le feuillette, et reste stupéfait. Le scénario commence par une scène dans des toilettes mettant en vedette des personnages dénommés Quentin Desprès, Brice Lavice, et Dupont et Durand. Puis le personnage dénommé Quentin sort de l'école, croise une équipe de tournage et parle à quelqu'un qui se trouve être le réalisateur... Tout était là, tout ce qui lui était arrivé depuis qu'il s'était caché dans les toilettes des garçons. Et il y avait encore d'autres pages, d'autres répliques après celles qu'il avait prononcées en dernier, et d'autres scènes encore, qui firent tressaillir Quentin.
Mais une des premières phrases du script avait attiré son attention ; cela concernait un stylo à bille rouge. Quentin fouille sa poche, en sort le stylo et l'étudie un instant. C'est alors qu'il entend d'autres gémissements. Il lève les yeux vers les visages qui le scrutent du regard.

Ils ont tous l'air terrifiés maintenant : le réalisateur, la femme au bloc-notes, l'acteur au couteau et toute leur maudite équipe. Et ils ont bien raison de l'être. Quentin sourit, se laisse aller en arrière dans la chaise et tapote le script avec son stylo. N'est-il pas doué pour écrire des histoires ? Alors pourquoi ne pas apporter quelques modifications à celle-ci, rayer les développements à venir, et même, lui trouver un autre dénouement ?

– Ce scénario ne me plaît pas, décrète Quentin.

Les gémissements s'accentuent.

– Je n'ai pas la possibilité de changer ce qui s'est déjà passé. Mais je peux sûrement veiller à ce que les prochaines scènes me plaisent, non ?

Il retire le capuchon du stylo, ouvre le scénario à la page où ils se sont arrêtés, la raye d'un trait rouge, fait de même sur les deux pages suivantes. Il se met à arracher celles qui restent, les chiffonne et les jette par terre. Mais la dernière est vierge, alors Quentin la conserve et la défroisse. Il réfléchit un instant.

Puis il commence à écrire en prononçant les mots à voix haute, au fur et à mesure qu'il les griffonne sur le papier.

« Quentin s'assoit sur la chaise du réalisateur, et soudain les monstres deviennent flous, avant de disparaître totalement, les uns après les autres. Ce phénomène affecte également les camions, le matériel et même les pages déchirées du scénario, l'épouvantable acteur, et la femme au bloc-notes. Seul le réalisateur est toujours visible. Il se tient immobile, silhouette rabougrie et pathétique, tel un croquemitaine qui ne fait plus peur. »

Quentin s'arrête, regarde une dernière fois le réalisateur.
– J'aimerais pouvoir vous dire que j'ai été ravi de faire votre connaissance, mais ce n'est pas le cas.
Quentin baisse les yeux et se remet à écrire ; les mots lui viennent rapidement alors qu'il se dépêche de rédiger la fin.
– « Le réalisateur lui-même commence à devenir flou.
Il menace Quentin du poing, mais il est trop tard.
Un bruit sec retentit et il s'évapore.
On ne voit plus que l'extrémité rouge de son cigare,

qui finit par être emportée par un tourbillon d'air. »
Quentin pousse un soupir, cesse d'écrire, plie la feuille de papier et la met dans la poche de sa veste, avec son stylo.
Il se met debout ; à son tour, la chaise s'évanouit, et l'air miroite autour de lui pendant un moment. Le vent siffle doucement sur le sol désormais désert. Il lève la tête vers le ciel. Celui-ci est totalement dégagé. Quelques étoiles solitaires scintillent au-dessus de l'école, de la cour de récréation et du portail de derrière. Il est l'heure de rentrer à la maison, pense Quentin. Alors il s'éloigne, et note qu'il n'a plus d'élancements dans le bras, que sa manche n'est pas tailladée. Il marque une pause et se demande l'espace d'une seconde si toutes ces mésaventures étaient bien réelles.
Puis Quentin s'aperçoit qu'il a toujours dans la main le scénario, la partie qu'il n'a pas arrachée et jetée. Alors cela ne fait aucun

doute. Il se remet en route jusqu'au portail. La petite poubelle qui se trouve près de là est habituellement remplie de papiers de bonbons et de canettes de jus de fruits, mais ce soir, elle est vide.

Quentin contemple la liasse de feuilles, puis la fourre dans la poubelle. Bon débarras, pense-t-il une fois dans la rue, de l'autre côté

du portail de l'école. Mais il a toujours le stylo, alors il peut écrire un autre film. Bien meilleur, celui-là, dans lequel il parle de Brice à ses parents et à ses professeurs, de sorte qu'ils le croient et interviennent. Un film dans lequel il se révolte contre Brice.
S'il a pu venir à bout du réalisateur, il pourra venir à bout de n'importe qui.

Quentin Després sera le seul à réaliser son film à l'avenir. C'est lui et lui seul qui procédera au montage définitif. Quentin tourne au coin de la rue, s'arrête, inspire et expire profondément, et sent la tension s'envoler. Quentin sourit.

Il est vraiment, *vraiment* impatient d'aller à l'école demain.

FIN
CU

TABLE DES MATIÈRES

Dans la série MORT DE PEUR

POURSUITE INFERNALE

« ACTION ! »

L'horrible acteur se penche en avant. Le couteau levé, le visage animé d'une expression de haine plus vraie que nature, il observe Quentin comme un fauve prêt à dévorer sa proie. Puis il s'élance, alors Quentin se met à courir le plus vite possible...

« Mais ce n'est qu'un film, se dit-il, nous sommes des acteurs. »

C'est à cet instant précis qu'il ressent une violente douleur dans le dos...

PACTE MORTEL

Anna par-ci, Anna par-là.
Encore et toujours Anna. Il n'y en a que pour elle. Et ça, Jake ne le supporte plus. Si seulement il n'avait jamais eu de sœur. Si seulement Anna n'existait pas... Oui, c'est bien ce qu'il veut. Sans savoir que ses sombres pensées nourrissent un monstre sans pitié. Une créature de l'ombre prête à tout pour surgir au grand jour et imposer son règne. Celui de l'horreur...

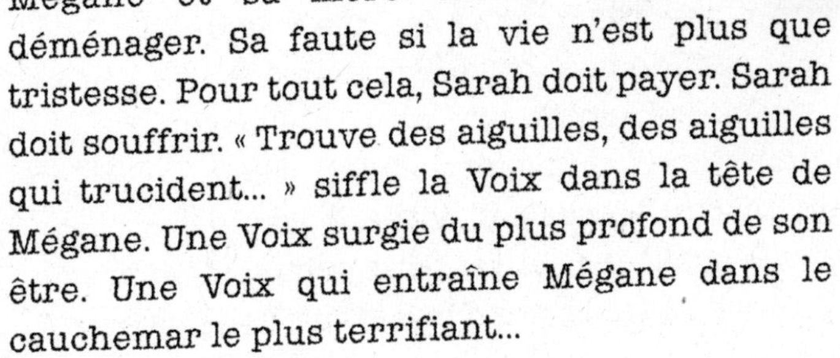

MAGIE NOIRE

Mégane la déteste. C'est sa faute si son père est parti. Sa faute si Mégane et sa mère doivent déménager. Sa faute si la vie n'est plus que tristesse. Pour tout cela, Sarah doit payer. Sarah doit souffrir. « Trouve des aiguilles, des aiguilles qui trucident... » siffle la Voix dans la tête de Mégane. Une Voix surgie du plus profond de son être. Une Voix qui entraîne Mégane dans le cauchemar le plus terrifiant...

TONY BRADMAN
L'AUTEUR

JE SUIS NÉ À LONDRES EN 1954. Dès mon plus jeune âge, je fus terrifié par un lézard tombé d'un arbre que je pris pour un serpent mortel ; par ma grand-mère, qui prisait du tabac et me menaçait avec une trique quand je n'étais pas sage et par une mort sanglante à laquelle j'échappai de peu lorsque je fonçai la tête la première dans la vitrine d'une laverie automatique, la faisant voler en éclats.
Aujourd'hui, j'essaie d'éviter ce genre de mésaventures et j'ai peur principalement quand je regarde des films et quand je lis des livres qui donnent la chair de poule. Ou bien quand j'en écris.
Je vis toujours à Londres, une ville sombre et ancienne, pleine de coins et de recoins où jadis d'horribles choses se sont passées, et où je redoute parfois de tomber sur le fantôme de ma grand-mère. Ce n'est pas encore arrivé, mais si cela se produisait, je ferais probablement de cette expérience une autre histoire à faire mourir de peur. J'espère en tout cas que vous serez aussi glacés d'effroi en lisant celle-ci que je l'ai été en l'écrivant...

MARTIN CHATTERTON
L'ILLUSTRATEUR

TOUT ALLAIT TRÈS BIEN JUSQU'À CE QUE Bradman arrive... Une éducation idyllique à Liverpool. Des études supérieures. Un mariage avec une femme dévouée. Deux enfants adorables. Un chien fidèle. Vingt années paisiblement passées à illustrer des livres, à dessiner et à écrire dans le monde entier. C'était la belle vie. Une existence ordinaire, tranquille, sans histoire. Et puis... et puis... Bradman m'a fait travailler sur la collection « Mort de peur » et tout a changé.
Cela fait des semaines que je ne dors plus. Je n'ose pas : les cauchemars reviendraient. Les voix me demandent sans cesse de sortir, mais je ne sortirai pas, pas maintenant. Elles ne peuvent pas m'y obliger. Je suis en sécurité ici. Avec les lumières allumées et la porte fermée à double tour...
Laissez-moi vous donner un conseil. Approchez-vous. Je ne veux pas qu'elles entendent. Prêtez-moi votre oreille, juste là, dans l'entrebâillement de la porte ; je vais vous murmurer quelque chose : ne lisez pas ce livre !

Achevé d'imprimer en France par Corlet.
Dépôt légal : 1er trimestre 2006.
N° d'Imprimeur : 89387